獻給我的父母；獻給上帝。

# 目次


006 踏足構身（推薦序）——任明信
016 遺失的早晨
020 虎鯨家庭（代序）
往日的光線——
026 遺失的早晨
028 一瑟
030 森林的商籟
032 無題Ⅰ
034 無題Ⅱ
035 無題Ⅲ
036 無題Ⅳ
037 無題Ⅴ
038 釣魚
039 不能

040 月貓的笑臉
042 如果有
043 永遠
044 魚
046 我愛你
047 靜養在夜雨中進行
048 下午三點半
050 在春天出生的孩子

**虛空的虛空——**

054 今天是我的生日
056 沒有什麼我能掌握的
058 瘋狂的蝴蝶
060 白色向日葵
063 意料

064 喜悅
065 冬夜
067 所以它知道
071 穿越
072 殘廢
074 黑夜
076 如此以後
077 錯覺
078 活著

**現世——**

082 現世
084 怪物
088 鬼妻
091 退化

紅衣女人 092
三個願望 094
凝視太陽 096
登山 098
起來 100
脆弱 104
今天要跟妹妹見面了 106
活路 112
你太多 114
冬季 119
**夢之花（系列）** 124
**預定論（尾聲）** 190
**後記** 192

# 踏足構身

## 任明信（推薦序）

——讀《沒有一天的星星和今天不一樣》

一個射箭之人，首先緩緩站定，雙足自然地踏開，腳掌微張，像根將自己安放在土地。接著他調整呼吸，維持平衡，將身體重新構成。此刻，他不再是一個日常人，而在這個當下即將成為弓者。畫面就停在這個姿勢，如夢的定格。有什麼醞釀許久的，準備要發生的，已然被預示。是應驗更是命定，像日出月落，花開結實。從初見胡的黑山，到今天的星星，早在我意識中排演多年，恍如昨日。

若讓我來定義自己最喜愛的詩的狀態，無非三者：簡約，深刻，神祕。而胡的詩幾乎將它們做到了極致，特別是他的首本詩集，宛若一棵枯蕪的樹，無從判別年輪和紋路。他的「簡」來自高度自覺地去繁，「約」則來自對字詞的真切感受與凝鍊；他的深刻連通著神祕，像侘寂，像金庸筆下楊過的重劍，黝黑無鋒，看似了無工法，實是那技巧來自內力，來自才學和生命底蘊。

如輯一〈往日的光線〉有承接《光上黑山》的溫煦和疼痛：綠色的山／刻痕清晰／因為往日雨水／因為空氣清澈〈無題Ｖ〉；撥開蛹的時候／翅膀已經長好了／開始在地上／尋覓我的肋骨〈靜養在雨夜中進行〉；天亮的時候／無論雨下得再大／天色再暗／事情都會發生／你不能假裝還在昨天〈不能〉。詩的後勁延續至輯二〈虛空的虛空〉，光澤越來越收束，開始聚焦在孤獨、死亡與絕望，探問人存在的本質和鬱者如何容身於世，像〈意料〉：沒有事情出乎意料／一天隱隱開始／昨晚蝸牛與鞋子錯身／輕巧地散落一地／卻沒有一根草因此喜悅；和〈白色向日葵〉：我顫抖著／過度亢奮／知道一切的失序／卻不知道一切秩序／如何在我身上發出光芒。

這些使我想起過去在創英所的日子，我們總是在聊各自的憂憤、信仰和詩觀。當時的我仍在找尋自己的聲音，而胡的創作已有完整且獨立的生命。我們的討論夾雜了許多爭執與衝突，從文學到宗教，從藝術到身心，在這些磨合中自己也才漸漸發現，為什麼我們無論個性或看法都如此不合，卻依然常常想起對方。一部分我想是我們對彼此的真誠，不畏懼因捍衛自身的價值觀而衍生的紛歧，另一部分是，他的人確實如他的字，有著極度的虔誠與純粹，有不得混同、不得被其他沾染的潔癖。這是他的偏執，亦是他身為詩人真正的能耐。

然而，這偏執並非無可憾搖，從研究所畢業到近幾年之間，他的狀態並不完全如他書名所言，那星星其實每日悄悄挪移，有所不同。當我讀到輯三〈現世〉，如此抽離看待物事的狀態，比起過去他不欲用詩處理的生命哲學，已有逐漸柔軟的跡痕，如同輯名詩作〈現世〉裡的安心：生命一直如此／日出在神社／日落在佛堂；〈退化〉裡的轉化：我的蛇／你如此可親地／要我閉上眼睛／看／滿天星空。也開始更看得到他的日常血肉，如寫給北極熊的〈活路〉和充滿恐怖片輪廓的〈鬼妻〉與〈紅衣女人〉。

最後來到他的輯四〈夢之花〉，日常血肉翻出了意識的內裡。系列的夢境，種種魔幻的生活場景，如平行宇宙，亦如潛意識裡的自我補完，直指生命缺憾的核心。這些對話與情節，比現實更真切，比小說更銳利。它們看似平常，卻帶有某種踐踏現實的愉虐，和顛覆道德定見的暴力；是記憶中時空的返照，陳述不同階段的陣痛，包含童年、青春的夢魘，還有家人與過往伴侶之間，無能言明的疏離焦慮。這也是最讓我動容的一輯，像他在詩裡的告白：**我在真實世界裡行走在虛幻／夢中則活在真實**〈夢三十〉。至此，胡已然盡釋自身。那些惡夢和酸楚，都被浸透、防腐，一併安置在器瓶，能夠與人分說。彷彿一場破碎而漫長的和解，與作為虎鯨的自己，與世界。

與胡約好替他寫推薦序，已有好些年。如今真的盼見，感動非常。從初稿到定稿，反覆閱讀的時間，一直在推敲該怎麼訴說我眼中的他，既是怪怪好朋友，又是欣賞的創作者。看著胡這些年對詩的專注與拒斥，想起奧根・海瑞格（Eugen Herrigel）《箭術與禪心》書中的段落：藝術家擺脫一切執著進行創作，是為了實現這種當下的真心，不被任何外在動機所干擾……他永遠無法覺察他的創作過程是由一種更高的力量所控制；他也無法體會當他是一種震動時，一切事物所傳達來的震動是多麼地令人陶醉；他所進行的一切，在他還不知道之前，便已經完成了……

我想起日本弓道的起始式：踏足（足踏み）和構身（胴造り），那窮盡當下之力，立定與神入的狀態，正是他在詩中的樣子，如〈一瑟〉的末段：

下山見明月
晚路清遠
無事擔心

## 白日安睡

### 知道一切在

瑟是樂器，亦是音聲；是蕭索，亦是顫抖。一瑟，則是瞬間，被觸動的刹那。那是與事物了無分別，共在的瞬間；是知道一切，恆在的刹那。那裡藏著永遠的星群，那裡每一天都是今天。

任明信，詩人，著有三本詩集，一本散文。

# 遺失的早晨

迷離幻覺
在時間的支流裡
走向陌生的途徑
在那裡擱淺
看夕陽落下
思考接下來的事
某個夜裡
走我熟悉的路徑
蠻荒叢林
原始生物
原始部落
他們過原始的生活

不需要清晨做事
不需要清晨
他們醒來
瞻望夕陽
瞻望星空
容許不同的生物在周遭
呼吸
不知名姓
但不會帶來傷害
在夜裡安眠
那都是幻覺
他們在幻覺裡生活

## 成長

前進的路上
我抓住一截岸旁的樹枝
躺在青草地上
走回從前的分歧之處
然後是夕陽
瞻望夕陽
唱起從前的歌給自己聽
和風煦煦
溫馨
而又悲傷

他們都在找我
什麼時候要回去

# 虎鯨家庭

## （代序）

在某個遠方的熱帶海域裡有一隻虎鯨
他非常喜愛陽光和海水，他的名字叫丹尼
有時他會把頭伸出水面，就這樣看著水面上的自己
一到下午就會躺在沙和水的交界之處睡著的是爸爸
而無聊又有趣的上學時間結束，正準備放學回家的弟弟
大概會找他去玩球。總是喜歡拉著他到處跑的是蘇菲亞

總是喜歡睡到中午的蘇菲亞
是一隻開朗又多愁善感的虎鯨
每過一陣子就會遇見愛捉弄人的弟弟
當然，一定夥同了更愛捉弄人的丹尼
無論什麼時候都會泡起咖啡的爸爸

偶爾會注意到肚子變大的自己

虎鯨丹尼有時會覺得很了解又很不了解自己
沒有也不需要理由，他喜歡蘇菲亞
也喜歡嘴巴不說卻很愛他的爸爸
他常常覺得身為一隻沒有天敵的虎鯨
能有這樣的家庭真是太好了。任性又孩子氣的丹尼
也好喜歡他可愛的弟弟

總是對女生冷冷的但其實很搞笑的弟弟
應該有偷偷的驕傲在心裡吧，對他自己。
有時也會在心裡偷偷為他感到驕傲的丹尼

有時也會以這種心情來看待蘇菲亞
他也常常覺得身為一隻虎鯨
能養起這樣一個三人家庭的爸爸真是了不起

軍人退伍，能用眼神殺人的威嚴爸爸
幾乎就像母親一樣地照顧著弟弟
把他培育成一隻身心發展都很健全的虎鯨
他不會帶著不定的眼神看待別人和自己
同時也在慢慢走向完整的蘇菲亞
一直都在照看也還不完整的丹尼

某個夜裡有人從水上走過。一到晚上就沉入水中的丹尼

只看見了腳印和水上的倒影。在另一個房間酣睡的爸爸
還在大聲地打呼。被丹尼叫醒的蘇菲亞
那個夜裡再也無法睡著。半夢半醒的弟弟
似乎在夢中看見了水裡的自己
一隻快樂但常常空虛無聊的虎鯨

虎鯨爸爸在午睡的時候偶爾靈光乍現
弟弟開始自發性地練習一些高難度的跳水動作
蘇菲亞和丹尼自己也都在各自和共同的夜裡緩緩擺動尾鰭

我們的夜晚霧氣沉重
日子還是得過下去

# 往日的光線

# 遺失的早晨

遺失的早晨
再也沒有回來
而換走的疲倦
在下午回來

生活的網羅
就在這些時候
春天的偽裝術
總是被拆穿

# 一瑟

一瑟悠長
山中的友伴
雲裡霧裡
茶裡酒裡
各色聲響
都被穿過

下山見明月
晚路清遠
無事擔心

白日安睡
知道一切在

# 森林的商籟

你撿起一根樹枝
或沒有撿起
看著旁邊積水的躺椅
你想起一張白紙
像撿起一根樹枝
寫下字句
或不寫字句
想起一張白紙
在秋天的森林裡
你在聲音中行走
彷彿能理解世界的質地
在冬天的森林裡

你在消失的聲音中行走
彷彿並不在意世界的質地

※商籟；十四行詩：西方傳統短詩。紀念曾珍珍老師。

# 無題 I

早起晨更
彷彿得見神
如果神也是山

# 無題 II

冰刀是用來行走的
沒有人會苛責一把冰刀
說它走過的時候
吹起的雪花不完美

※致 鹿苹詩集《流浪築牆》。

# 無題 III

收完衣服
在黃昏的陽台閒繞
近距離看麻雀的飛行技術
想正在進行的論文
不想什麼事

回到房間就天黑了
開始想
該怎麼把那一刻變成永恆

# 無題IV

踩碎蓮花
都覺得痛
想看見溫柔的笑容
誰來陪我聊天散步

# 無題 V

綠色的山
刻痕清晰
因為往日雨水
因為空氣清澈

# 釣魚

綠色的森林裡
流水的旁邊
有一座小屋
河水流過
隨時都能聽見石頭碰撞
一到晚上就變成風鈴

這是熊的小屋
爸爸回來了
明天出發去釣魚

# 不能

天亮的時候
無論雨下得再大
天色再暗
事情都會發生
你不能假裝還在昨天
睡在憐憫你的床上
起來繫好自己的鞋帶

# 月貓的笑臉

一出來
今天的月亮很大

愛麗絲
在這麼安靜寬敞的路上
我是擺脫不了這樣一個巨大惡蔑的存在

一路上
我們保持著同樣的距離
因為風冷而發毛

# 如果有

如果有一頭羊在夜裡離群了
牠會非常孤單
並且無所適從地兜著圈子張望
直到在憂傷中睡著
在黎明時看見天晴或下雨
空無荒野、狼群、同伴
以及牧羊人叫喚的聲音
那表示牠又學會了一些事

# 永遠

紅色拖鞋積聚了灰塵
你的床墊在我背後
永遠永遠深情凝視我
使我夜夜惡夢和情夢

# 魚

你是我的魚
我知道不能放的一條魚
我也是你的魚
你知道不能放的一條魚
我等待著
你等待著
但你不能作聲
你在水面下
看不清岸上一切
眼眶濕潤
獨自忍受等待
不知道你是我的
不知道我不能放

# 我愛你

只要一想到你就會哭
不知道為什麼
也不想知道

在火車上
我有很長的時間想你
很長的時間可以哭

你永遠不會知道我愛你
不會知道我為你哭

# 靜養
# 在夜雨中
# 進行

在蛹裡
我沒有什麼話好說
融化自己
幾乎意識不到疼痛
只是在黑暗裡透光
漸漸結實
撥開蛹的時候
翅膀已經長好了
開始在地上
尋覓我的肋骨

# 下午三點半

陽光打在紅色磚牆上
發出明亮顏色和溫度
打在沒有葉子的樹上
投下影子

窗外有小孩在玩球
把球丟得高高的
窗外有小孩在餵鴿子
鴿子不怕人
窗外有笑聲

窗外的世界我再也回不去
我的童年是一棵寂寞的橄欖

# 在春天出生的孩子

在春天出生的孩子
都沒有長成大樹
因為春天是甦醒
也是貪睡的季節
而帶著新葉的小樹
把所有種子都撒下了
春天是仰望的季節

那帶著罪降生異星的
原諒自己吧

# 虛空的虛空

# 今天是我的生日

今天是我的生日
我還在等待自己
沒有一天的星星和今天不一樣

# 沒有什麼我能掌握的

上完課後已經晚上了
十分鐘的路程
耗盡了所有力氣
吃飯的時候頭痛
聊恐怖電影
看自己像作夢
忘記別人的名字

失去早晨已經很久了
除此之外也失去別的
情緒散落很久了
忘記行走的節奏

說話像遺失
聽眾別過頭去
只能期盼他們善良

在日常之中
沒有什麼我能掌握的

# 瘋狂的蝴蝶

我不希望自己是一隻瘋狂的蝴蝶
但是我怕
身邊的人都愛我
對我好
但誰不愛一隻瘋狂的蝴蝶
在牠的有生之年

# 白色向日葵

我剛從谷底清醒
像一朵白色的向日葵
這是冬夜最冷的時辰
我顫抖著
過度亢奮
知道一切的失序
卻不知道一切秩序
如何在我身上發出光芒

# 意料

沒有事情出乎意料
一天隱隱開始
昨晚蝸牛與鞋子錯身
輕巧地散落一地
卻沒有一根草因此喜悅
山永遠坐著不動
機車永遠繼續經過
雨繼續下

# 喜悅

我一直在想我是什麼
我能做些什麼
我越來越迷惘
我總是在下午爬上床
在夜晚為了入睡而喜悅

# 冬夜

這裡的冬夜颳冷風
沒有人在街上
沒有朦朧光芒
我向你吹笛
你不跳舞

# 所以它知道

它行走坐臥
什麼事也沒做
它坐在書桌前
俯視自己的憂鬱
黃色燈光會離開
音樂會停下來
陽光照在身上
它覺得不懷好意
下雨的時候被雨滴傷
寒流來的時候
安靜得像創世之初
它變成一株植物

那時動物還未受造
天氣暖和的時候它坐著不動
並未察覺世界與它的關連
雨季來的時候
它知道只有家能保護它
而父親又出現在它夢裡
像火一樣
不顧一切
它知道時間和空間都在拒斥它
但不知道為什麼
它覺得它的網又變得更透明了
失去黏韌

留不住露水和灰塵
它飄浮著
不再說話
它是太累了
不能再努力伸向一切
所以它知道它是孤獨的
一直以來都只能孤獨

# 穿越

這麼冷的冬夜
八點半的熱水屬於我一個人
我身邊的人像繁星一樣圍繞我
洗澡的時候我想起這些
卻還是一個人穿越沙漠

# 殘廢

他在激動的時候突然暈眩
剛才明明很餓
他收拾吃不完的食物
讓殘餘湯汁黏在手指
擦掉以後繼續跟隨
他吃下以為今天不用吃的藥
藥效慢得令人絕望
他決定出發去買曼陀珠
在寒冷的冬夜快速吃下一整條
在宿舍的露天階梯上坐著流淚
等待哪個美麗的女人出其不意地出現
讓他在懷中哭泣一整夜

讓他知道這是來自肋骨的拯救
他在意料之中獨自離開
因為無處可去只好回到房間

# 黑夜

黑夜抓住我了
黑夜溫暖的手
讓我想要無夢的永睡

# 如此以後

如此以後
我只能作一個活著的人
畢竟黑夜深沉
黎明將至未至
整個園裡
都只聽得見我的哭聲

# 錯覺

清晨的濕氣
清晨的微光
讓我錯覺舊人已死

# 活著

世界正在發生
而我正在睡夢
我早已不發生
沒有未來
沒有現在
就像寒冷又下雨的冬天
它不能只寒冷
或只下雨
今天是耶誕夜
但耶穌並不在今夜降生
今天是人們歡樂的日子
但他們沒有歡樂的理由

我應該有
但我沒有
多少個今天
我都在寒冷黑暗中
孤獨地死去
但我活著

人世無可戀
那是我的見解

# 現世

# 現世

看望自己的山
每天早上打理自己
與家人共進早飯
屋子一塵不染
凡事避免迷惑

生命一直如此
日出在神社
日落在佛堂

※寫於日本東京。

# 怪物

他不生孩子
因為怕生出怪物
他失去機會
生下一個活潑的兒子
和一個美麗的女兒

如果生出怪物
他會親手殺死牠
在酒吧裡他對人這麼說
他這輩子殺過很多東西
不差一隻怪物

他時常夢見那隻怪物
龐大的頭
龐大的魚眼睛
盯著他說話
但他聽不見

他夢見他拿刀
刺進怪物的心臟
他聽見自己的吼叫
妻子的尖叫
怪物小聲叫了他的名字

他想起來了
小時候殺死的一隻
長著頭髮的羅漢魚
死前牠的嘴不斷開闔著
他以為那是牠最後的呼吸

# 鬼妻

我恨的人成為鬼
一個個坐在我身後
長髮披垂
看不清臉容

我偶爾會夢見她們
執拗的臉孔
無感無情的臉孔
恨我的眼神

偶爾她們剪了短髮
微笑如天使

說自己復活了
現在過得很好

但那只是偶爾。
多數的時候
我坐在絞刑台前
聽她們咒罵我
聽她們頸骨拉斷的聲音

然後她們成為鬼
一輩子作我的妻

# 退化

蛇喜歡退化
它不要腳
叫我也不要
說這樣可以輕鬆一點
這樣是很輕鬆

我的蛇
你如此可親地
要我閉上眼睛
看
滿天星空

# 紅衣女人

女人躺在躺椅上
分析師要她自由聯想
她說有人要殺她
她會死
分析師問她死亡讓她想到什麼
她說紅色衣服
紅色衣服又讓她想到什麼
她說逛賣場
沒有人願意跟她說話
分析師說你恨這個世界
她說對

# 三個願望

神燈精靈矗立在你面前
給你三個願望
一是立刻死
無痛苦，無恐懼
二是遺忘祂
繼續生活
三是問一件事
任何事
不是口說
而是給你水晶球
可以看過去
可以看未來
但三個願望只能選一個

# 凝視太陽

開始一片漆黑
然後有個光點
光點越來越大
光之甬道
將在最後迎接你
傳說是這樣的
復返的人這麼說
而除了他們
其餘的人都永遠閉上了嘴

死是什麼
死是太陽

※《凝視太陽（Staring at the Sun）》；存在主義心理學家歐文・亞隆（Irvin D. Yalom）代表作。

# 登山

有人問佛洛伊德心理治療的目的。
他說：「使潛意識成為意識。」

那年在奇萊山上
因為路被冰封的關係
沒有走上登頂之前必經的那條
一步寬的山路
它旁邊是懸崖
另一邊是峭壁。
我一直慶幸當時沒走上去
然而在夢裡

我經常墜崖
我不在夢裡登山了
我在白天登山
在晚上登山
那條一步寬的山路漫無止盡
掉下去是死
停住腳步是精神官能症
轉身是地獄

# 起來

他從不需要擔心
以前他從不需要擔心
他的手指該怎麼敲打鍵盤
他的手指生來就會
後來怎麼就盯著它
一盯七八年
他告訴他的手指：
敲打鍵盤這種事並不重要
這甚至比不上我的啤酒肚
於是，他看著他的啤酒肚
想起自己也曾經是一隻
瘦而結實的鯨豚

可以拉著一個接一個人類
返回退潮的海灘
海潮從不抵禦牠，因牠生來屬水
後來，牠受了傷
再也沒好過。牠可以游泳
但再也不能玩任何花式
牠永遠地成為了陸居動物
不是出於傷，而是出於冷
他相當貫徹地無作為
持續忘記自己曾是什麼而又確知

七八年後的今夜

一個極強烈的巫異時刻
命令他的手指：起來！
他艱澀地開始敲打鍵盤

# 脆弱

男人右手手窩黑色一片
遠看像刺青
近一點看像傷疤
但那其實只是毛而已
只是在不適當的地方長了過長過粗的毛
而那是他最脆弱的部分
那是他認為自己不是一個正常男人的部分
女人喜歡他的濃密長毛
總要輕輕撫弄
臥在上面才能睡著
男人醒著
那成為男人的救贖

男人後來只穿短袖
也不再意識到任何脆弱

# 今天要跟妹妹見面了

今天要跟妹妹見面了
我告訴自己
不能摸她頭
要跟她擁抱

妹妹以前不喜歡我摸她頭
卻總是緊緊抱住我
而我每次都舉起雙手成投降狀
沒回抱過去
我告訴自己
今天我要主動擁抱她

我們一起作聖誕主日
牧師說
跟旁邊的人說聖誕快樂
她擠眉弄眼對我說聖誕快樂
過了一會兒牧師又說一次
這次她打我一下
牧師說
誰不渴望被擁抱
我慶幸自己剛剛擁抱了她

好久不見
我對她說話

又問她問題
她回答的時候
我看著她的眼睛
看她深刻的雙眼皮
看她露出彷彿不在意一切的笑
她說她變老了
工作吃重
身體變差了
瘦很多
因為還是習慣一天兩餐
她穿著寬鬆的衣服
我沒看出來

我想哭
我告訴自己眼淚不能流下來
我懂她的孤單
在世上完全身為一個人的孤單
我懂她也不確知的自己
我懂的我自己也不確知
因為她太難
我慶幸她說她也懂自己
「身為一個人就一個人吧」
我沒說出口

離開的路上

我們其中一人踩錯步伐
撞到彼此
臨別時她說謝謝我總是主動
我慚愧
我說今後我會更常約你

我的妹妹
你不知道為什麼要快樂
沒關係
人也不一定要快樂
願你一生平安健康

# 活路

冰山遙遠
反光刺眼
亙古的疲倦飢餓
都流入他的身體
時間成為反覆划水的動作
他可以聽見海豹嘲笑他的聲音

冰之路消失了
長牙的海象也不在原處
向他挑釁、用鮮血互搏
他感到生命無處施力

死亡波濤洶湧
漫無邊際
他撲過去
全世界的海水
因他升高溫度
極光灑下
遠方的孩子仰起了頭

※寫北極熊。

# 你太多

你表情決絕
垂下眼
像是決定再也不看
你沉默
你慢慢說話
你說得極快
極多
像是你太多
你微笑
你笑一聲
你笑得燦爛
你的眼睛閃動著光芒

你太多
多過於我能解讀
月亮雖然能在你臉上
留下幾條痕跡
太陽能在你臉上
留下少許顏色
它們都留不下你的人
你還在八年前
你不知怎的就被時間困住
一轉身
別人都老了
你沒有

你一人行走
你走得極快
你走得決絕
沒人知道你為何不老
你太多
沒人知道你溫柔
善良
沒人知道你願意笑

# 冬季

貝殼失去光澤
岩石布滿傷痕
空氣無味
海水苦鹹
哲學家捨棄一切
換取了真理

冬季的陽光照在身上
他覺得暖
冬季的寒風吹襲
他覺得冷
跌倒了

他覺得痛

他不懂未來
道路總是隱藏
他不認識自己
不認識世界
他再也不是哲學家
也不再寫字

於是他知道
他的冬季開始了
漫漫長日

漫漫長夜
繁星黯淡
海草蔓纏

【夢之花】這個系列取名來自波特萊爾《惡之華》，「華」的本意為「花」。我的夢一直是洶湧、惡劣，且從不停止。我這輩子只有國中的某夜未夢（也可能只是我不記得）。我的夢非常之「真」，有時比現實更真（當然它們都來自現實），所以我覺得，它們即是「我自己」。這本詩集不打算藏任何事。我想，藉著「夢」來顯明「我」是最適切的。而我重新取回「花」之名，意味現在的我開始能夠欣賞這些原始、糾纏、暴虐之物的盛開姿態。作為這本詩集的最後一章，說明了：「曾經我想做到什麼，而最終我只能是誠實的。」

# 夢之花

# 那夜

那夜和你同時作夢，夢到晚上覺得空虛，陪你上家樂福。我推推車，隨口說話，停止思考也麻痺五感。我遇到我的治療護士，現實中她是我游泳拉傷的復健員。她看到我很意外，問我怎麼會在這裡。我和她聊天。走著走著又遇到另一個治療護士。遇到一個我還可以忍住，兩個就不行。我抱著她大哭，說我不好，其實過得不好。她也抱著我，說帶我去找其他護士，醫生也不在。她們讓我坐在椅子上，用淺綠色藥膏塗在我背上按摩。她們說，這個時間沒有辦法治療，就幫我做一個簡單的治療儀式。她們讓我環在一個圈子裡，周圍有些紅色或其他顏色的器具。她們讓我抬起頭來禱告。我一直哭著，說：「請治癒我的肉體和心靈……」

我覺得我的一切都非常殘缺。

# 夢之一

你又回來了
走過死亡以後
你總是形色匆忙
充滿祕密
我不能理解
也不在意
我只要和你在一起
我們瞞著他
討論交歡的時地

# 夢之二

即使變換形體
我也認得你
現在的你有一頭紅髮
嬌小
五官特異
舉止狂放
吸引所有人的目光

在我被鬼附的時候
黑暗占據了我
讓我朝著公車的前輪狂奔
重複走向一間不祥的公廁

黑色的血讓我認出死亡
性別斷開你的視線和手
我獨自面對無救贖的死
在此之前
當你出現在我身邊
我不是哭就是笑
我活著

# 夢之三

1

早上考完數學
在教室外遇見母親
哭著問她你不是死了嗎
她說沒有
是騙我的
我問她為什麼
她說對父親沒感覺了
像我會對女朋友沒感覺那樣
一消失九年
其實是十六年
雖然我正在讀高三

但我已經二十八歲
讀完一個研究所了
得過憂鬱症了
想過自殺了

我大哭
午休請同學幫我拖地
上數學課看著考卷
七十八分
我從來不能考那麼好
眼淚滴濕考卷上的紅字
心裡想著教室外的母親

卻再也沒有見到她第二面

2

作了悲傷的夢
起床以後連早餐都不吃
不和父親說話
走向我另外的住處
打了一聲雷
大雨無盡落下
想著要把這些寫下來
打開電腦
就醒了

結果還是夢

# 夢之四

我夢見我剝出來的每一顆藥都掉到地上，用剝藥器切半的藥每一顆都粉碎。

# 夢之五

母親回來，我們一家坐遊覽車出去玩，我和母親說說笑笑；突然，一個她確實死亡的印象清楚浮現出來。我問她，你是不是真的死了？我對她說，我已經分不出現實和幻覺了。我跑去駕駛座問父親，母親真的死了嗎？他說死了，然後嘆一口氣，他知道我病了。我崩潰了，我確定我是精神分裂了。回頭看見母親還對著我陰陰地笑；我對著她大吼：「你是什麼東西！你給我離開！……」

# 夢之六

老師打給我，講了好長好長的電話，說她死是假的，因為沒有時間譯她想譯的書。

# 夢之七

母親已經過世很久了，但不是因病過世的。我在一個窗戶上的儲物櫃找到一本筆記本，上面黏著兩隻小指頭。筆記本上寫：「做菜時切斷指頭，還有資格活嗎？」看完大哭。

# 夢之八

弟弟找到一份文件，是四兄弟的資料：大兒子叫連家適，八歲失蹤，尋獲遺體。四人中一人失蹤更久，從年齡和照片推測，他是我弟。

給我爸看，我爸看出是偽造的。

# 夢之九

我二弟剛出生不久（現實中我沒有二弟），我已三十五歲了，我們去家庭旅行，卻遇暴風雪，所有人都撐不住，我也和他們走散。隔天早上找到父親，我問小弟呢？父親說，他睡了就沒有再醒來了。

# 夢之十

東海大學路上到處都隱藏著斷肢；被水泥鋪過但翹起來的腐爛大腿。我告訴旁邊的老師，她說沒注意到，會請人來處理。別人給我的袋子裡，有一隻人手。我提著兩包屍塊，遲遲找不到垃圾桶丟，另一邊勞作教育的小組長正在為了我翹掃廣播找我，心裡有點發慌。

※東海大學的「勞作教育」，大一必修零學分：掃校園。沒去被稱「翹掃」。

# 夢十一

高中班上，你坐我前面，我問你，暑假在幹嘛。

「我去了寮國，有機會就想回去。」

我問你，如果可以，你願意跟我修復關係嗎。你搖搖頭。「我不想再講電話了。」

「但你以前可以講，不是嗎？」

「那是以前，已經過了很久了，人是會變的。」

「你去寮國，我打家裡電話給你，你怎麼接得到呢？」

我不認識的你的女友說，她從來沒接過我的電話。

我不認識的我的女友，紅色頭髮，按摩著我的腿。我問她，剛才我睡了多久，她回答，但我沒有在聽。

你說：「我——一個愛你的人，被你背棄了；現在是我的鬱期。我只想要一個人靜一靜。」

# 夢十二

高中舞會裡。

「為什麼我們變得不好了？」

「其實沒什麼事。」

「我們一二年級很好的，現在幾乎不說話了。」

「真的沒什麼事，我也沒有討厭你。硬要說的話，只有一件事。」

「什麼事？」

「你會抓腋下。」

「就這樣？」

「所以我說沒什麼啊，不是你的錯，但我真

的很受不了。」

「那我以後不抓了，好嗎？」

「好。」

# 夢十三

我向你攤牌，我已向你攤過無數次牌，都沒有用，這次我邀你出遊，睡同一間，逼你到極致，我說以前我們約定過吧，誰窮到底，另一個人要負責照顧他，而你沒有做到。你憤怒至極，你崩潰，我以為我們最後將打一場架，並且我不會贏，你從國中就可單手做伏地挺身，可以讓我坐在你背上做伏地挺身。沒有，你沒有要打我，你哭著求我原諒，你正說著，怎麼我就醒了，還沒聽你說完。

# 夢十四

高中（不是我以前的高中）一瘋子老大集團，收保護費是每天翻你皮夾，愛收多少就收多少。我問請問大概每天平均收多少呢？他就和小弟們把我的腳繫在鐵鍊上到處甩，為了保護我的頭部我像腹中嬰兒那樣蜷曲成一個人球狀，他們把我甩去打隔壁幫派的人，但主要是想傷害我身體的各部位。

# 夢十五

夢到小時候帶我長大的奶奶，我請她走了好長好長的路幫我帶一個無關緊要的東西。醒來好後悔。

# 夢十六

出門遇到爺爺，他說很想我，想和我聊天，說自己以前驕傲，對不起。我說爺爺，你是傲嬌，不是驕傲，但這是個新詞，是個外來語，即使你以前是老師，你也聽不懂，總之我也很想你。

# 夢十七

現實中我嗜恐怖片如命，特別愛在深夜看。夢裡我置身三個鬼之中，我並不懼怕；但轉念間我就被恐懼吞沒，吞沒我的是對於「我並不懼怕」的一絲懷疑。

# 夢十八

四五個地府判官找我索命，我很害怕，我想我這輩子沒**真的**殺過人啊。聽著罪狀我有時會說：但那件不是我做的……，祂們厲聲說，是你造就的業害死他們！我無法反駁，只能一直說：是，對不起。床頭人呼喚我，叫我轉過身去；我也說：是，對不起。

# 夢十九

三個小時的夢，夢裡的時間是好幾年。這是我從異次元偷來的時間。我的精神歲數，主要都長在別的宇宙。

# 夢二十

在學校裡，我們談論鬼。你說你也看得見，我說我以為你不相信。你說那邊就有一個，只是你不想要講了讓人混淆真理，又令人害怕。你說，廁所很陰；我說我知道，工友每次都一臉恐懼，看到我來就如釋重負地跑開。你說人工池塘也很陰，我說我知道。我說我每次經過這些地方，都會說幹你娘有種出來呀。

# 夢二十一

夢中我常分不清那時我的女友是三個中的哪個，但等我認出她是最後一個，我就能完全安心。

# 夢二十二

夢到跟孫是室友，還有兩個不認識的室友，他們會跟孫講話，但不會跟我講話。孫正為了體育課開在晚上十點而暴跳如雷。我則想等下問他，一個人如果徹底自私，是否就能不自私。

# 夢二十三

找到一張卡片，寫著很普通的祝福的話，沒有署名。循著線索找，原來是你，一年前的你。這是你的精心設計。可惜，我早已對你無話可說。

# 夢二十四

變態殺人狂跟蹤她，抓住她，問她，你是不是愛吃魚。她說，我愛。他把她的臉吃掉四分之三，她說，你果然知道我的臉是用魚做的。

# 夢二十五

東華大學有個東湖，還有個華湖隱藏在校園裡，當時做好後棄置不用，變成了一個原始湖，平常是找不到路進去的，而我進去過一次，有野鴨居住。在我就讀時期校長曾經想把它填平蓋大樓。我夢見東湖和華湖連成一片，再連成河濱公園，綿延數里。裡頭還有一種特殊的豚類，很親人。學長穿著小販兜售的豚類戲服，在湖裡嚇唬學妹。

# 夢二十六

我夢到
有人說
你身體一直不好
是因為沒有十一奉獻
醒了我長考
原來那人是鬼

# 夢二十七

我夢見我本已可拿雙碩士，兩個碩論都已口考完畢並通過，但大學學分少算了以至於大學無法畢業。究竟為什麼現在才發現這件事呢：我並沒有拿到過大學畢業證書這件事。而又是為什麼兩個碩班都在這樣的狀況下錄取了我？如果大學不能畢業，雙碩士就拿不到；如此一來，我就只有高中學歷。也不是那麼在意學歷，畢竟學歷越高越難找工作；只是我就想著這十幾年的光陰啊，因為一個誤判而一無所有。而這，竟然可以發生；並且，可以發生在所有人身上。我看過了，我看過保險箱裡滿滿的紙鈔被蟲吃光。

# 夢二十八

大學老師愛我，即使我沒去過她一次課；期末時我求她不要當我，她叫我背主禱文，如果沒背錯就讓我過。我心想怎麼可能背錯，卻真的背錯了。再求老師，她叫我在她耳邊輕聲說一個笑話，若她笑了就讓我過。我說了，然後她笑了。

# 夢二十九

撿地上一千塊，出店門，馬上被抓，原來是陷阱。我說可以這樣嗎？他們說，很有用，不是嗎？我一直求，說我沒錢付罰金，他們終於放我走。

# 夢三十

我夢見我高一抑鬱得要死
因為沒人要理我
高二得了重鬱症
從此無法上學
無法完成學業
幾乎是不知該如何活下去
而
這不是第一次了
這發生過
這是真實
我記得的則是虛幻
我在真實世界裡行走在虛幻
夢中則活在真實

# 夢三十一

在我小三就開在附近的圖書文具店「國聖書局」一直生意很好，我的文具、卡片、禮物包裝和漫畫都在那裡買，老闆娘女兒又是漂亮姐姐，更愛去了。最近我夢到它倒了，夢中有人為它作傳，說它已開了一百零三年，心裡不勝唏噓，怎麼生意那麼好也倒了，真有如此不景氣嗎。幾天前經過看它門是關的，又貼了一張字條，沒多想，因為它倒了嘛，但還是有點難過。這天晚上我再經過，它是開的，一如往常的黃色燈光和客人們；瞬間我的世界與我的平行世界互相滲透，我知道我再也無法確知任何真與幻。

# 夢三十二

耶穌的靈在我身上，我在主日前講奇妙話語，臨上講台，他怎麼突然就走了。

# 預定論
## （尾聲）

拒絕一個女人的示愛
就像拒絕了自己
在寒冷的聖誕季
讀著遙遠的神學
找不到一個人說話
卻一直想打給
中午被我拒絕的女人

在厚重的冬被裡作著噩夢
夢見我為一陌生老婦引路
施恩般贈予她零錢搭車
自己卻為了某個不存在的目的
遲遲站在路邊等待

# 後記

我從來不知道這種深綠偏黑色的海水是那麼的乾淨，以至於被稱為一片貧瘠的水流。陽光未被雜質反射，直接收入深海。這裡的水流速很快，迴游魚群會來搭便車往北方走，鯨豚會來尋找牠們。這裡的水溫度較高，感情上較適合我這個怕冷的人。終於實際來到黑潮的領域。

浪漫。我一直在逃避這個詞彙的指涉，試著鍛煉我的理性和冷冽眼神。但我其實知道這個詞彙一直以來都在指涉著我。從小與游泳池為伍，遠離汗水和球場，離開同輩男生的浪漫，我一直都在用身體體會水的浪漫。彷彿我會一直這樣漫無邊際下去，永遠成為水，永遠遠離自我。當我陸續經歷過泳池、河流和海水，成為了救生員、游泳教練和救生教練，我一直有個願望藏著，是成為一個海灘救生員，每天坐在高台上，曬最烈的陽光，每天看著海。如此我願意放棄智慧，成為一個單純的生物。

這些都已距離我遙遠。後來我開始向山朝聖，追求山的意象，山讓我感到穩定，一種岩石性質的激情，在內在，別人無法看見，除非是同樣的人。山的意象清晰，即使隱藏在霧裡還是一樣清晰。我來到花蓮以後，反而遠離了山的意象，也繼續逃避海，遁入自己之中，一切渾沌不明。我鮮少來到七星潭，七星潭的感情讓我懼怕，讓我成為我懼怕的樣子。我終於發現，山可以寫，是因為不論它再曖昧，它一次只讓你感到一種東西，你可以把握那種東西，不像海一次給你全部，讓你在它之中全然迷亂。我一直覺得，人怎能抵擋海潮。

花紋海豚的出現雖然意外，也立即羞怯

地游回深海，但我並未留著什麼遺憾。能接觸海，對於失去一切風景的我，尤其是過去的愛侶，我已相當知足。我從來不知道飛魚真的會飛，當牠終於在我面前滑翔了五秒以上，並且被同伴驚喜地喊出牠的名字，我才承認海裡也有鳥。我坐在船緣，把腳伸出船外，讓浪花激烈拍打，拍起拍落。我不知道該想些什麼。一位女性同伴親切地對我說：你那個位子真好。當時她坐在浪花較小的位置。是啊。我帶著笑容回答，不知道該再說什麼好。

飛旋海豚的出現像一場夢。海裡的馬群，像小孩一樣天真，輕鬆摧毀我們之間的界線。耶穌說人要轉為小孩的樣式才能回到天家，應該就像牠們這樣，永永遠遠都是小孩。後來女朋友問我，想不想跟牠們一起游泳？我一點都不敢抱這樣的奢望。我在海裡是個瞎眼瘸腿的人，當然渴望擁抱牠們。我說我比較想騎在牠們背上，但我相信牠們應該比我更不擔心。

我在船頭盪起又盪落。比起水手，我是個嬌弱的陸地人，被溫和的游泳池養大，沒有足夠堅強的筋骨承受風暴，還必須吃下第二顆暈車藥。但我想，我靈魂的性質是屬於水的吧。

夢醒了之後，我重回現實，失去一切風景，徒留記憶。

言寺77

作　　者　胡家榮
總 編 輯　陳夏民
責任編輯　達　瑞
封面設計　萬亞雰
內文版面　adj. 形容詞

出　　版　逗點文創結社
地　　址　330 桃園市中央街 11 巷 4-1 號
信　　箱　commabooks@gmail.com
電　　話　03-335-9366
傳　　真　03-335-9303

總 經 銷　知己圖書股份有限公司
臺北公司　臺北市 106 大安區辛亥路一段 30 號 9 樓
電　　話　02-2367-2044
傳　　真　02-2363-5741
臺中公司　臺中市 407 工業區 30 路 1 號
電　　話　04-2359-5819
傳　　真　04-2359-5493

製　　版　軒承彩色印刷製版股份有限公司
印　　刷　通南彩色印刷有限公司
裝　　訂　智盛裝訂股份有限公司

I S B N　978-986-99661-3-9
定　　價　350 元

初版一刷　2021 年 2 月

Printed in Taiwan

國家圖書館出版品預行編目（CIP）資料 ｜沒有一天的星星和今天不一樣／胡家榮 作 .── 初版 .── 桃園市：逗點文創結社 2021.2　200 面；12.8×19 公分（言寺；77）ISBN 978-986-99661-3-9（平裝）　863.51　　109018149